FÉLIX DELARIVE

TROIS MOIS D'AMOUR

D'UN POËTE

PARIS

LIBRAIRIE DES BIBLIOPHILES

Rue Saint-Honoré, 338

M DCCC LXXV

TROIS MOIS D'AMOUR

D'UN POËTE

FÉLIX DELARIVE

TROIS MOIS D'AMOUR

N POËTE

OCCVPA PORTVM

IOV AVST

PARIS

LIBRAIRIE DES BIBLIOPHILES

Rue Saint-Honoré, 338

M DCCC LXXV

EURÊKA

A mon ami Jean de Saint-Av...

Te souvient-il, ami, de nos courses des Vosges,
Où, dans la folle ardeur de nos cœurs de seize ans,
Nous eussions volontiers, laissant bien loin les doges,
Épousé l'univers, le monde et ses enfants ?

A l'ombre des grands pins nous marchions côte à côte,
Causant à haute voix de nous, de nos amours.
Dieu, qui dans ces grands bois était notre seul hôte,
Dut rire bien souvent de tous nos fous discours.

1

Tu te souviens aussi des théories étranges.

Que nous avions alors sur le grand art d'aimer !

Purs encor... malgré nous ! ! nous secouions nos langes

Sur les flots amoureux, avides de ramer.

Après le faux récit de charmantes conquêtes

Dont la seule pensée embrasait notre cœur,

Entraîné par l'ardeur qui pousse les poëtes,

Je te peignis mon rêve : idéal enchanteur !

Blonde aux yeux bleus, mignonne, aimant la poésie,

Esprit prime-sautier, aux tons les plus divers,

Ame ardente et tournée à la mélancolie,

Adorant le ciel bleu, la musique et mes vers.

Telle je la rêvai, telle je l'ai trouvée.

Notre étoile sur nous veille du haut des cieux ;

Vainement nous irions contre la destinée :

Le destin nous conduit !... Moi, j'ai fermé les yeux.

TRIOLET

A mon ami Jean de Saint-Av...

Le frère et le mari ne sont pas dangereux :

Le frère est un enfant, l'autre n'en peut pas faire ;

Le frère est au collége, et le mari gâteux.

Le frère et le mari ne sont pas dangereux.

Le frère est un enfant ; il dit : « Petite mère » ;

Et le mari, pour elle, est seulement un frère.

Le frère et le mari ne sont pas dangereux :

Le frère est un enfant, l'autre n'en peut pas faire.

COMPLIMENT

POUR LE JOUR DE SA FÊTE

Récité par son petit frère.

Petite mère,
Que ne suis-je petit oiseau,
Pour venir d'une aile légère
Chaque jour à mon berceau !

Petite mère,
Je veux être petite fleur,
Et sur ma tige légère
Me balancer sur ton cœur !

Mais l'oiseau quitte sa mère.

La petite fleur n'en a pas !

Je veux t'avoir, sœur bien chère,

Et ne jamais quitter tes pas !

Je veux rester ton petit frère

Et venir chaque printemps

Présenter à petite mère

Mes souhaits les plus aimants.

LA MUSIQUE

Compagne de ma vie,
O musique chérie,
Tu seras mes amours
Toujours !

I

Tranquille, doucement je rêve
Écoutez :
Quel murmure s'élève ?
Écoutez !

C'est un souffle qui passe

Effleurant mes cheveux ;

C'est la brise qui chasse

Le papillon joyeux.

Compagne de ma vie, etc.

2

Songeuse, tristement je pense.

Écoutez !

Un soupir ! le silence !

Écoutez !

C'est la brise qui pleure

Sur un suaire blanc.

Il est minuit, c'est l'heure

Qui sonne lentement.

Compagne de ma vie, etc.

3

Gaîment, le cœur joyeux, je chante.

Écoutez !

Un trille se présente.

Écoutez !

C'est le soleil qui brille,

C'est le joyeux pinson,

C'est un léger quadrille,

C'est un gai carillon.

Compagne de ma vie, etc.

4

Le bonheur porte à la prière.

Écoutez !

Je suis heureuse mère !

Écoutez :

— 9 —

Alouette joyeuse,

Tu t'élèves aux cieux !

Épouse, mère heureuse,

Mon cœur suit radieux.

Compagne de ma vie,

O musique chérie,

Tu seras mes amours

Toujours !

HARMONIE

Harmonie ! Harmonie
Éternelle beauté !
Quel sublime génie
N'as-tu pas enchanté !

I

Voyez-vous les étoiles,
Par un beau soir d'été,
Nous entr'ouvrir les voiles
De leur douce clarté ?

Elles parlent à l'âme
Le langage des cieux,
Et brûlent de leur flamme
Le cœur humble et pieux.
Harmonie ! etc.

2

Écoutez dans la plaine,
Sous la voûte des cieux,
L'harmonieuse haleine
Et ces souffles pieux :
C'est la feuille qui chante
L'éternelle beauté,
C'est la fleur éclatante
Qui redit sa bonté !
Harmonie ! etc.

3

Sous ce sombre feuillage,
Les voyez-vous pressés?
O gracieuse image!
Ce sont des fiancés.
Ils marchent en silence,
Laissant passer le jour.
Allez pleins d'espérance:
Le bonheur c'est l'amour!

Harmonie! Harmonie!
Éternelle beauté,
Quel sublime génie
Saura bien te chanter?

LE CHARME

Sous les arceaux aigus
D'une sombre chapelle
Qui donc, le soir, nous appelle
Et plonge nos cœurs émus
En une vague tristesse ?
Qui ? sinon le charme pieux,
Qui nous saisit et nous presse
Aux pieds d'un Dieu mystérieux !

Sous les voûtes sans fin
De nos forêts ombreuses,

Des brises mystérieuses

Font quelquefois dans leur main

Frémir le livre aux poëtes !

C'est le charme ! L'âme saisit

Du ciel mille voix secrètes :

Honneur à qui nous les redit !

Sur la mer aux grands flots,

La terrible tempête

Vient et fait courber la tête

Aux plus rudes matelots.

Mais écoutez la prière

Qui relève et donne du cœur :

O Marie, ô tendre mère,

Priez pour le pauvre pécheur !

Au salon tout se tait ;

Chacun sent dans son âme

S'alanguir la douce flamme

Qui naguère l'animait.

Voici le charme : une fée !

Fée aux accords harmonieux !

Et soudain notre pensée

Avec elle s'élève aux cieux !

Heureux qui de charmer reçoit le doux présent !

C'est le charme

Qui désarme

Le méchant.

C'est le fluide

Qui nous guide

Vers l'objet aimé, comme le fer vers l'aimant.

LES BLUETS

Égayer de vos doux reflets

Nos moissons dorées ;

Orner les modestes attraits

De chastes fiancées ;

Contenter les humbles souhaits

De jeunes filles aimées ;

Priant, vous flétrir sans regrets

Aux chapelles sacrées :

Telles sont, chers petits bluets

Vos simples destinées !

UN BAISER

Je l'ai senti sous ma lèvre brûlante,

Ton front si pur !

Baiser de sœur et non d'amante,

Rayon d'or dans un ciel d'azur.

Depuis lors je le sens dans la veille et le rêve,

Il me dévore, il me brûle, il achève

De rendre fou d'amour

Un cœur que de tes yeux la douce lumière

Avait depuis longtemps enlevé de la terre

Et ravi sans retour.

Et tu voudrais que je ne te revisses plus !

Oh ! non, ce ne peut être !...

D'ailleurs je te revois ainsi que les élus

Voient le Souverain Maître !

Ah ! de près, de loin, c'est toi qui rayonnes

A mes regards ravis.

Que tu veuilles ou non, il faut que tu me donnes

Le bonheur que mes yeux pour toujours ont surpris.

Jeudi matin.

Jeudi soir.

Que la vie ordinaire est triste et monotone

Pour qui d'amour a le cœur plein !

Nécessité, loi dure, ordonne,

Et l'on ronge son frein,

En frémissant, c'est vrai, mais on le ronge !

Je m'étais dit : Ce soir

J'irai Prés-Saint-Gervais, et comme un songe

J'apparaîtrai soudain, disant : « Je veux te voir ! »

Et peut-être... qui sait ! s'appuyant sur mon bras,

Oubliant mon offense,

Je pourrai, soutenant ses pas,

Jouir de sa douce présence...

Et je n'ai pu ! c'était rêve trop beau !

Et maintenant sur mon lit solitaire

Je pleure et je t'écris, triste comme un tombeau

Couvert d'une froide pierre.

Cependant un espoir me reste :

Oui, je te verrai demain !

Et cet espoir, trésor céleste,

Adoucit mon chagrin.

Vendredi matin.

Je m'éveille, et tu n'es point
Ma première pensée ;
Car toujours, de près, de loin,
Dans le songe ou la veillée,
Tu ne me quittes point.
Toi seule es ma pensée !

Vendredi soir.

Je suis venu frapper à votre porte :

Elle resta close pour moi.

Et tandis qu'atterré, demi-mort, je supporte

Cette preuve de mépris froid,

Vous vous riez de ma peine.

Vous méprisez donc bien l'amour et la douleur,

Que, froide, vous broyez, sans amour et sans haine,

Et l'homme tout entier, et le corps et le cœur ?

Vous ne craignez donc point de vous en voir punie ?

Qui sait ? L'on aime une fois en sa vie !

Si ce jour-là vous trouviez sous vos pas

Un cœur blasé qui ne vous aimât pas !

Ah! vous sauriez alors ce que l'on souffre !
Mais, par pitié, Seigneur, d'elle écartez ce gouffre
Où s'abîme à la fois tout sentiment humain,
D'où l'on sort sans pitié pour tout être qui souffre,
Pour la femme qui pleure et l'enfant orphelin!

Samedi matin.

Il est matin, je suis plus calme :

La nuit m'a brisé !

Ah ! c'est bien à vous que revient la palme

Si l'on en donne à qui, simple, d'un geste aisé,

Sait fouiller la poitrine

Et déchirer le cœur.

Vous êtes sans pitié sous votre douce mine,

Vous jouez avec la douleur !...

Et pourtant je t'aime, cruelle !

Je t'aime follement.

Ah ! que ne puis-je arracher de mon flanc

Ce cœur qui te reste fidèle !

Dimanche matin.

Je vous aime et je souffre ;
J'ai lutté, je suis vaincu.
Je suis tout entier tombé dans le gouffre,
Et de chez vous je suis exclu !
Oh ! par pitié, Madame, soyez bonne !
Que votre cœur pardonne
A l'audace de mon cœur !
Veuillez oublier mon offense.
Et permettre qu'en silence
Je vous voie ! Oh ! vous voir, c'est encor le bonheur !

O vous qui de l'amour avez goûté les charmes,
Et qui savez alors ce que coûte de larmes
Un premier rendez-vous de jour en jour promis,
Et sous un vain prétexte à chaque fois remis,
Venez, et maudissez une race hypocrite,
De chacun détestée et des amants maudite,
La race des cochers et leurs tristes chevaux,
Rare collection de vices, de défauts...

ANTOINETTE

Aspirer sur ta bouche et l'amour et l'ivresse,

Ne sentir en mon cœur qu'indomptables désirs,

Te serrer dans mes bras, mourante de plaisirs,

Oppressée à ton tour par l'amour qui m'oppresse,

Indicible bonheur! fièvre, délice, ivresse!

Ne te semble-t-il pas qu'un aiguillon de feu,

Embrasant à la fois et tes sens et ton âme,

Te fasse mépriser et l'éloge et le blâme,

Trésors, succès, honneurs, et les mondes et Dieu,

Et la vie et la mort, pour ces baisers de feu?

LA TRISTESSE

La tristesse à tes attraits
Ajoute de nouveaux charmes !
Mon cœur, percé de tes traits,
A ce coup te rend les armes.

Mais quittons ce badinage
  Trop réel cependant.
Va ! je comprends le nuage
Qui voile ton front charmant.

Blanche hermine, douce et pure,
Tu marchais haussant ton cœur
Pour le garer de la souillure...
On te l'a pris... avec douceur.

Mais dans un blanc sanctuaire
Avec amour on l'a placé;
On l'adore et l'on espère
Qu'il ne se trouve pas blessé.

De lui ne sois point chagrine,
On te le garde tout entier ;
Et tu restes la blanche hermine,
L'hermine de notre moustier.

PAS RENTRÉ

SONNET

Il est pour les amoureux,
Certe, un Dieu qui les protége;
Rendons-lui grâces tous deux :
De quel poids il nous allége !

L'amour qui nous fait heureux
A quelquefois pour cortége
Des instants bien douloureux,
Lorsque la crainte l'assiége.

Les maris les plus charmants

Ont la chance singulière

De pétrifier les amants ;

On les prend pour des Argus,

Pour des lynx que tout éclaire :

Ce sont taupes, tout au plus !

DEMANDES ET RÉPONSES

L'amour est fait de poésie :
Va ! je t'ai bien comprise, hier,
Quand tu m'as dit d'un ton amer :
« Cette chambre est donc notre vie ! »

Tu veux pour toit le libre ciel,
Pour tapis l'herbe printanière,
Pour lustre le brillant soleil,
Ou la lune au tendre mystère.

Comme toi, j'aime la nature
Et la calme beauté des champs,
Mais attendons que leur verdure
Se ranime par de doux chants.

Pour l'amour tu voudrais de même
Les enivrements des salons;
Leurs vives admirations,
Et dire : « Oh! c'est toi seul que j'aime! »

J'aime la simple violette
Qui m'enivre de son parfum!
Et je la trouve plus parfaite
Sous l'herbe qu'en un riche écrin.

Près de toi, vivre de ta vie,
Passer ensemble chaque jour,
Voilà, n'est-ce pas, chère amie,
Le doux rêve de ton amour?

Le réel ne vaut pas le rêve !
Ce n'est que craintes et ennuis ;
Pas un jour qui ne s'achève
Sans vous donner mille soucis.

Rires malins à votre adresse,
Petit mot méchamment lancé,
Leste épigramme qui vous blesse,
Il nous faut tout laisser passer.

Rien de meilleur que le silence ;
Rien de meilleur que le secret ;
Lui seul donne confiance,
Lui seul évite le regret.

LE PRINTEMPS

Quand le printemps de ses chaudes effluves
Fait bouillonner les immenses étuves
D'où la nature sort, sous des milliers d'aspects,
Pleine de vie et d'amoureux attraits ;

Quand les bourgeons, caressés par les vents,
Voient sous la séve éclater leur corsage ;
Quand des bosquets les mille bruits charmants
Parlent au cœur un amoureux langage ;

Quand sur la haie au troëne odorant,

D'où l'on voit émerger l'aubépine vermeille,

L'on n'entend que murmure et doux bourdonnement,

Le papillon s'ébattre et butiner l'abeille ;

Quand l'insecte aux mille métamorphoses,

Arrivé par degrés à l'âge des amours,

Balancé dans le sein des fleurs à peine écloses,

Se hâte de jouir de ces instants si courts ;

Quand, se jouant dans l'herbe printanière,

Les gais oiseaux, entre eux se becquetant,

Portent brin à brin la mousse légère

Qui doit être leur nid, amoureux monument ;

Quand la forêt dans ses allées ombreuses

Entend passer, cherchant quelque coin écarté,

Et le lièvre timide, et les biches joyeuses,

Et le souffle d'amour à ses hôtes porté,

Ne le sentez-vous point, âpre et doux à la fois,
Vous pénétrer le cœur de joie et de tristesse,
Ce souffle qui vous laisse haletant et sans voix,
Désirant l'inconnu, la beauté, la jeunesse ?

C'est le souffle qui porte aux horizons immenses,
C'est la noble ferveur d'un cœur ardent et pur,
L'âme qui se dévoue aux causes sans défenses,
A la patrie en deuil, à l'indigent obscur.

Ce souffle encor, c'est le souffle qui passe
Dans l'âme du poëte et fait vibrer son luth !
Mais ce souffle souvent ne laisse point de trace,
Et le poëte meurt sans avoir vu le but !

Ce souffle t'est connu, douce et bien tendre amie ;
Il fut pour toi souvent un sujet de douleur ;
Mais certes ! maintenant la douleur est finie,
Et le désir n'est plus qu'un prélude au bonheur.

EN RETARD

Entre tes bras, comme un songe,
Le temps s'écoule et s'enfuit,
Le bonheur à peine a lui,
Que soudain il nous replonge
Dans une cruelle nuit.

Oh ! nous n'oublions point l'heure !
Elle est toujours devant nous,
Mais c'est le temps qui nous leurre ;
Et puis l'amour est si doux
Que trop longtemps on demeure.

Alors soudain se preésente,

L'œil sombre, le bras vengeur,

Le spectre de l'épouvante

Sous les traits d'époux grondeur.

« Six heures ! Vite ma mante... »

Cette mante à cache-cache

Semble jouer avec nous.

Un pied mutin frappe et se fâche :

« C'est ta faute ! tu nous rends fous !...

Et que dire, s'il se fâche ? »

Vite un baiser, et partons.

« A demain, n'est-ce pas, chérie ?

— Hé ! sans doute ! mais allons...

Ah ! mon Dieu, que je m'ennuie !

Mais que dire ?... Quelles raisons ? »

AIE CONFIANCE

Le lierre en s'unissant au chêne
Doute-t-il de son soutien ?
N'aie aucun sujet de peine,
Indissoluble est notre lien !

Le poisson dans la mer profonde
Doute-t-il de l'Océan ?
Mon cœur est moins changeant que l'onde,
Son amour est plus constant.

La tendre fauvette, au printemps,
Du soleil désespère-t-elle?
Mon cœur est plus pur que le temps,
Et son amour plus fidèle.

L'enfant dans les bras de son père
Doute-t-il de son bonheur?
J'ai pour toi l'amour d'une mère
Pour l'enfant de sa douleur.

Sois donc gaie! Avec confiance
Jouis en paix des beaux jours,
Ce sont des rayons d'espérance
Qui luisent sur nos amours!

JE SUIS MALADE

BOUTADE

« Je suis malade... soyons sages.
— Sages serons, si nous pouvons. »

Vous connaissez les rois mages ?
C'étaient de fameux lurons,
Qui par la nuit la plus sombre,
Malgré la pluie et malgré l'ombre,
Malgré Hérode et ses savants,
Savaient retrouver leur étoile !
Comme eux, j'ai désiré céans,

Malgré ses pleurs, malgré son voile,

Contempler la douce étoile

Dont l'éclipse m'attristait...

Elle a paru, tout renaît!

Il n'y a pas que les rois mages

Qui dissipent les nuages.

PAS CHEZ MOI

TRIOLET

« Non, pas chez moi, j'ai peur ;
Je crains qu'il ne revienne !
— Oh ! viens, mon seul bonheur !
— Non, pas chez moi, j'ai peur.
— Oh ! viens, quoi qu'il advienne !
— Même ardeur est la mienne,
Mais, pas chez moi, j'ai peur ;
Je crains qu'il ne revienne. »

TRIOLET

« Veux-tu venir chercher le livre ? »
Est une chaste expression,
Quand on n'ose plus loin poursuivre.
« Veux-tu venir chercher le livre ? »
Se dit-on plein d'émotion,
En songeant à ce qui peut suivre !
« Veux-tu venir chercher le livre ? »
Est une chaste expression.

Je vais donc aujourd'hui
M'asseoir à votre table !
Un nouveau jour a lui :
Oh ! sois-moi favorable
Épreuve redoutable
Que je tente aujourd'hui !

Ange du ciel, glissant jusqu'à la terre
Sur un rayon tissé d'azur et d'or,
Tu m'apportais sur ton aile légère
Le bonheur toujours, le bonheur encor.

Je te voyais voltigeant dans l'espace,

Donner du ciel le suprême bonheur,

Puis t'enfuyant comme l'ombre qui passe,

Après m'avoir tout égayé le cœur.

Après un jour qui lentement s'achève

Tout plein d'ennuis et d'un obscur labeur,

Ta vue était pour mon âme le rêve

Qui vient la nuit vous rafraîchir le cœur.

Après des mois de lumière poudreuse,

Les yeux rougis et la cervelle en feu,

Tu m'apportais la longue allée ombreuse,

La source fraîche ondoyant au ciel bleu.

HIER!

Je souffre et je m'ennuie,
J'ai la fièvre d'amour !

Est-ce bien une vie
Que se voir tout un jour,
Et ne pouvoir se dire :
« Je t'aime ! » que des yeux,
Quand on brûle tous deux ?
Mais c'est un vrai martyre !

Je sentais tous mes sens

En souffrir à se tordre ;

Et lorsqu'à pleines dents

J'aurais voulu te mordre,

T'étreindre dans mes bras,

Te brûler de ma flamme,

Je saluais bien bas

Et je disais : « Madame ! »

O supplice d'enfer

Que le diable supporte !

Voir le ciel entr'ouvert,

Et rester à la porte !

ET VITE FAISONS...

Sur l'air : *Hommes noirs, d'où sortez-vous ?*

Ah ! messieurs, que faites-vous ?

Nous voulons peupler la terre,

. Il n'est pas d'emploi plus doux

Ni plus importante affaire,

La patrie a besoin d'enfants.

Mettons-nous y tous, et petits et grands ;

La nature est féconde mère,

Suivons, mes amis, suivons ses leçons,

Et vite faisons,

Et puis refaisons

De jolis petits, de jolis garçons.

La Prusse a suivi la loi

De cette excellente mère,

Aussi va-t-elle, ma foi !

Envahir toute la terre.

Les Prussiens ont vaincu chez nous

En faisant chez eux d'abord les cent coups.

Nous savons ce qu'il nous faut faire :

De nos ennemis suivons les leçons :

Et vite faisons, etc.

Nous n'avons point d'habitants

Pour nos belles colonies.

Allons-nous grossir les rangs

Des pauvres nations finies?

Cet exemple nous vient de haut,

Mais il n'en est pas pour cela plus beau.

Les vieilles races sont finies.

D'Henri notre roy fuyons les leçons,

Et vite faisons, etc.

Sachez qu'il manque à Paris

De sujets au séminaire.

Voulez-vous être bénis

De l'Église notre mère,

Les bons chrétiens sont peu nombreux :

Soyons, mes amis, de fidèles preux,

Et de la Bible tout entière

Suivons, mes amis, suivons les leçons,

Et vite faisons, etc.

Les hommes manquent chez nous ;

Consultez la statistique,

Les filles n'ont point d'époux

C'est mauvaise politique :

La femme a besoin d'un mari,

La Bible le dit, le Coran aussi.

Reprenons la saine pratique

Et des livres saints suivons les leçons,

Et vite faisons,

Et puis refaisons

De jolis petits, de jolis garçons.

L'ÉTUDIANT DE PARIS

Sur l'air du *Petit Homme gris.*

Dans la rue des Saints-Pères
Habite, en un garni
Peu garni,
Carabin de première,
Qui sans un sou comptant
Vit content,
Et dit : Moi je m'en,
Et dit : Moi je m'en,
Ma foi, moi je m'en ris.
Ah ! qu'il est gai (*bis*) l'étudiant de Paris !

Lorsque son cours l'appelle,
Il s'en va tout courant,

Se pressant,

Et courtise une belle

Qui le trompe à son nez,

Pour dîner,

Il dit : Moi je m'en,

Il dit : Moi je m'en,

Ma foi, moi je m'en ris.

Lorsque son mois arrive

Et que viennent portier

Et loyer,

De payer il se prive,

Et s'en va tout d'un pas

Aux Lilas,

Disant : Moi je m'en,

Disant : Moi je m'en,

Ma foi, moi je m'en ris.

Quand la dèche est présente,

Il choisit son pal'tot

Le plus beau,

Il le porte à ma tante,

Et travaille avec feu,

Et sans feu,

Et dit : Moi je m'en,

Et dit : Moi je m'en,

Ma foi, etc.

Et lorsque vient la thèse,

Sans peine il la soutient

Et très-bien.

Et que chacun se taise

Près du docteur grand X,

Un phénix,

Qui dit : Moi je m'en,

Qui dit : Moi je m'en,

Ma foi, moi je m'en ris.

Ah ! qu'il est fort (*bis*) l'étudiant de Paris !

ÈVE

Musique! voix céleste

Qui fais résonner dans nos cœurs

Des accents entendus dans des mondes meilleurs;

Archet divin, qui viens éveiller ce qui reste

En nous de lointains souvenirs

D'un bonheur idéal, et de vagues désirs!

Un instant j'ai goûté le bonheur que je rêve,

En écoutant, ravi, le grand poëme d'Ève.

MOURIR! VIVRE!

Je te trouvai
Un peu souffrante,
Hier, quand j'entrai.

Démarche lente,
Beaux yeux voilés,
Mélancolie,
Disaient assez :
Adieu la vie,
Je vais mourir!

Mais ma présence

Te fit plaisir ;

Ma confiance

Te pénétra,

Rasséréna

Ton doux visage,

Et dans tes yeux

Si purs, si bleus,

Je vis des cieux

La calme image.

Puis quand, frileuse

Et langoureuse,

Tu te serrais,

Belle, amoureuse,

Toujours plus près ;

Quand, l'âme ardente

Et frémissante,

Entrelacés,

Les cœurs pressés,

Notre poitrine

Se soulevait ;

Quand se crispait

Ta main divine,

Quand j'aspirais

Ta chaude haleine,

Quand je sentais,

Brûlant la mienne,

Ta lèvre avide

Boire l'amour,

— Et que, rapide,

Fermant le jour, —

Je te pressais

Demi-pâmée,

Ma bien-aimée,

Tu me disais

Dans tes étreintes :

« Par toi je vis,

Adieu soucis,

Ennuis et craintes!

Que nos amours

Vivent toujours! »

JE SUIS JALOUX

Je suis jaloux.

Le médecin m'agace, et l'abbé m'horripile :

De ce côté Tartuffe, et de l'autre Basile,

Aux portes de ton cœur se donnent rendez-vous !

« Oh ! soignez-vous ! »

Dit l'un d'un air aimable et tout plein de tendresse,

Tandis qu'en t'auscultant doucement il te presse.

« Que votre épaule est belle et que l'ensemble est doux ! »

« Ouvrez votre âme
A votre tendre ami, » dit l'autre d'un air doux,
« Je connais vos péchés, c'est moi qui vous absous,
Et j'emplis votre cœur d'une céleste flamme. »

Ah! quels larrons!
Et qu'ils s'entendent bien pour leurrer ma fauvette!
Cependant, n'est-ce pas, ma charmante Antoinette,
Ce n'est aucun des deux qui croque les marrons?

BANDELETTE

Nos grands savants en ogue,

Qui lisent en latin,

Disent que dans la synagogue

Quelquefois le rabbin

Se ceint, les jours de fêtes,

De longues bandelettes

Qu'il enlève soudain

En prononçant certain mot fatidique !

Pour moi, qui ne suis pas d'étoffe académique,

N'étant point, par bonheur, encor paralytique,

Podagre, ramolli, cacochyme, anémique,

Moi qui, pour tout latin, sais le grand art d'aimer,

Je connais cependant certaine bandelette,

    Bandelette qui fait damner

Celui qui ne sait point tirer la chevillette

    Ou évoquer l'esprit malin !

Moi je tire, et j'évoque ! Est-ce pas, Antoinette,

    Il n'y a pas que le rabbin

    Qui défait sa bandelette ?

JE T'AIME

Je t'aime, et ton amour l'emporte
Sur tous les biens !
Je t'aime, et partout je transporte
Mes doux liens.

Tes regards me traversent
D'un feu brûlant ;
Tes paroles me bercent
En m'enivrant.

DEUX MOIS!

Le voyageur perdu dans le désert sans bornes,

Épuisé de besoins, haletant, les yeux mornes,

Trouvant une oasis

Qui lui donne repos et fraîcheur et verdure,

La datte au goût exquis

Et l'onde au frais murmure;

Le pauvre naufragé, roulé par l'Océan

Sur un frêle débris, la nuit, seul, grelottant,

Perdant toute espérance,

Et soudain abordant au havre du repos,

Au port de délivrance,

Loin des fureurs des flots;

Le malade attristé, miné par la souffrance,

Voyant de jour en jour s'en aller l'espérance,

Le caractère aigri,

En sentant tout à coup passer dans tout son être

Le souffle qui guérit,

Le feu qui fait renaître,

Voient jaillir de leur cœur un ardent cri d'amour

Pour la bonté divine! Ils sentent en ce jour

Déborder de leur âme

Ces élans passionnés d'un sentiment exquis,

Cette suave flamme

Amour du paradis!

Depuis deux mois entiers, cet amour sans limite,

Ce sentiment profond qui fait les cœurs d'élite,

Est tout entier à toi !

Le Dieu d'amour offrit à mon âme alanguie,

En te donnant à moi,

Le port, l'oasis et la vie !

BOUTADE

Quand de Saba l'illustre Reine

Vint visiter Salomon;

Quand la princesse sans gêne

Des Amazones en renom

Vint prier le grand Alexandre,

Qui ne la fit point attendre,

De lui donner un rejeton;

Cela fit un plaisir extrême

Sans doute à ces rois galants ;

Mais pour moi, combien mieux j'aime

Le frais minois, les yeux riants,

Voir dans notre chambrette

Apparaître mon Antoinette !

Je ne suis pas un empereur

Et je ne fais pas Charlemagne,

Je sais tourner le roi de cœur

Et pour deux à tout coup je gagne.

L'ENNUI ME GAGNE

L'ennui me gagne,
J'ai sur le cœur
Une montagne !
Ah ! quel malheur !
La matinée
Ne passe pas.
C'est une année,
C'est mon trépas !
Je souffre, amie,
D'être éloigné ;
De pleurs d'envie
Je suis baigné !
Oh ! que je t'aime !

Je t'aime tant,

Qu'un jour absent,

Douleur extrême,

Brise mon cœur.

Je suis malade

Et sans ardeur;

Je suis maussade

Et plein d'aigreur;

Mon corps s'affaisse,

Et la tristesse

Gagne toujours!

Mais vienne l'heure

De nos amours,

Dans la demeure

Tout est joyeux,

Tout rit aux yeux!

Foin des alarmes,

Adieu les larmes,

Je suis heureux!

JE SUIS SEUL

Je suis seul, et je pense à toi ;
En société, c'est tout de même !
N'est-ce pas la commune loi,
De penser à ce que l'on aime?

En est-il ainsi de toi?
Il ne faut pas que j'en jure!..
Les contrastes sont la loi,
La dure loi de nature.

Et cependant j'ai confiance.

    Pourquoi? Le sais-je bien?

Je sais au moins que l'espérance

    Est de tous le meilleur bien.

JOSUÉ

N'avez-vous pas dans l'histoire,

Choisi parfois votre héros?..

Le guerrier amoureux de gloire

Voudrait s'être rompu les os

Sous les ordres d'un Alexandre!

L'un désire être Joseph...

Mais pour se laisser surpendre!..

Un autre avoir été le chef

Du célèbre aréopage

Le jour où la belle Phryné

A lui se montra sans nuage!

(Il en faillit être damné)...

Pour l'avare que l'or irrite,

Son idole, c'est Crésus!...

Quant au buveur émérite,

Son idéal, c'est Bacchus,

Ou Noé le patriarche,

A qui son horreur de l'eau,

Après qu'il fut sorti de l'arche,

Fit inventer un jus nouveau.

Cette liste est incomplète,

Je l'aurais pu continuer,

Mais je suis près d'Antoinette!

Oh! que ne suis-je Josué!..

FATIGUÉS

L'infini de son aile en passant nous toucha
   Pour nous dire : « J'existe ! »
Dès lors, l'homme acharné sans répit le chercha,
   Mais sans trouver la piste.

Sur les profondes mers, à l'horizon immense,
   D'abord il s'élança :
Et du nord, et du sud, le voilà qui s'avance....
   Partout l'homme passa.

Vers les astres des cieux, où le regard se trouble,

  Il cherche, cette fois ;

Le nombre en était grand, et pourtant il le double :

  Il découvre leurs lois.

« Et les mers, et les cieux, et la nature entière

  M'ont déclaré leur roi.

Je dompterai, dit-il, l'indomptable matière :

  Oui, l'infini, c'est moi! »

Mais voici que le temps, à la main redoutable,

  Vient et fauche à son tour

Les œuvres élevés sur l'airain et le sable,

  Et l'homme, sans retour.

Et tu voudrais que seuls, quand le monde a des bornes,

  Ne fussions pas bornés,

Et que, sans décesser, nous lui fissions des cornes

  Sans être fatigués!

Non, non, le désir seul dans l'homme est infini,

Ainsi que dans la femme :

Sois pitoyable donc au corps de ton ami

S'il ne suit point son âme.

JE TE PARDONNE

Tu veux que je te pardonne?

Mais je ne suis point fâché!

Tu le veux? Bien! je te donne

Plein pardon de ton péché :

Je baise ta bouche mignonne

Pour le petit mot lâché;

Je baise ton col, qui résonne

Des pardons que je lui donne

En attendant qu'il ait péché;

Enfin, par la grâce touché,

6

De même aussi je pardonne

A tout ce qui, chez toi, caché,

Pourrait encore être entaché

D'offense envers ma personne.

FACHÉ!

Sous le souffle de mort des bises de l'hiver,
La nature engourdie
Se plaint-elle au printemps de la tiédeur de l'air
Qui lui donne la vie?

La fertile moisson aux épis jaunissants
Ondulant sous la brise
Se plaint-elle à l'été des rayons bienfaisants
Que sa main lui tamise?

Le fleuve aux flots pressés portant à l'Océa

    Ses bienfaisantes ondes

Se plaint-il, dans son cours, des eaux de l'afı

    Et des sources profondes?

Et contre toi tu veux que je sois irrité,

    Antoinette chérie?

N'es-tu pas à la fois mon printemps, mon été,

    Et ma source, et ma vie?

LE DÉSIR

Que le désir est douce chose
Quand il peut être satisfait !
Le désir ! alors, c'est la cause
   Du bonheur le plus parfait.
C'est une rose purpurine
A qui ne reste aucune épine.

SI J'ÉTAIS ROI!

Si j'étais roi,

Tu serais reine,

Et mes trésors seraient à toi!

Mais, hélas! en cette semaine

Ce n'est pas chez moi

Que roule le Pactole;

Et j'en suis plus fâché que toi,

Je t'en donne ma parole.

LE GOUT

Le goût est fleur délicate
De parfum sans égal ;
Partout, en tout il éclate,
Il n'a point de rival.

Ce goût, Antoinette chérie,
Brille chez toi d'un éclat radieux ;
C'est lui qui donne la vie
A tout ce qui dans toi charme mes yeux.

Il préside à tes atours ;

Tu sais si bien verser des larmes ;

Il préside à nos amours,

Et sait en varier les charmes,

TARTUFE

Un coup discret à la porte est frappé,

Et, l'air béat, entre monsieur l'abbé,

Le regard doux et la voix pateline.

Rien qu'à le voir, sans peine l'on devine

Tout ce qu'ici vient chercher Beloison.

Si vous voulez, répétons sa leçon :

« Vous allez mieux, Madame? Oh! quelle joie

A son serviteur le Seigneur envoie !

Le pouls est bon; quelle charmante main !

Et cette toux vous déchirant le sein,

Belle malade, est-elle un peu calmée ?

Oh ! bien des fois cette triste pensée

M'arracha pour vous les larmes des yeux,

Et j'adressai bien des soupirs aux cieux !

J'aime aux cheveux ces boucles vagabondes...

Comme le bleu sied à ravir aux blondes !

C'est le ciel pur et c'est le doux espoir :

D'un goût exquis vous êtes le miroir !

Cette dentelle au col est imparfaite,

Permettez-moi d'en faire la rosette.

Mais oui... je sens sous ma tremblante main

Battre votre cœur, gonfler votre sein ?...

Je vous aime, amie !

              Est-ce donc un crime ?

Le cœur du Dieu d'amour est un abîme,

Et, je le sens, c'est l'adorer encor

Qu'aller vers vous d'un amoureux essor.

LA GOURMANDISE.

La gourmandise,
Dont on médit,
Est, quoi qu'on dise,
Pleine d'esprit.

Quand un peuple se civilise,
N'en cherchez pas la raison ;
La raison, c'est la gourmandise,
L'amour du beau, l'amour du bon.

Consultez plutôt l'histoire :

Quels sont les peuples les plus grands !

Ah ! la chose est bien notoire,

Ce sont les peuples gourmands.

Athènes, Paris et Rome,

Le méritent assurément :

Partout ailleurs, pas un homme

Digne du nom de gourmand.

Ne craignez donc point Guillaume :

C'est un buveur seulement,

Et jamais un grand royaume

N'eut un tel commencement.

RUPTURE

Sonnet accompagnant une rose fanée.

Ta mort de ma mort est le signe !
Comme toi mon cœur est flétri,
Pauvre rose, naguère digne
D'être doux messager fleuri.

C'est aujourd'hui le chant du cygne,
Hymne dernier d'un cœur aigri,
Qui maintenant se trouve indigne
De l'amour d'un être chéri.

Au milieu des nuances sombres

De nos jours, hélas ! tissés d'ombres,

Tu brilleras, rayon d'azur ;

Parmi les calculs de la vie,

Où tout se pèse et s'apprécie,

Tu seras un chant d'amour pur.

UNE PERLE

« Que contiens-tu, modeste reliquaire,
        Humble bague à son cœur si chère?

        — Je porte enchâssée en mon sein
            Une dent, perle nacrée,
    Doux souvenir de la bouche adorée
        De son frère, charmant lutin.

        — Serais-tu donc un symbole,
        Petite dent touchée au cœur,

De la trompeuse parole
Qui nous promettait le bonheur?

« Mais non! tu n'es que le gage
De ma peine, de mes regrets!
Du chagrin déchirons la page,
Nous mettrons d'autres feuillets! »

PETITES FLEURS

Petites fleurs, que vous êtes heureuses !

Votre parfum est doux,

Vous consolez les âmes amoureuses,

Les cœurs brisés par nous.

Vous n'avez point de soucis ni d'alarmes ;

Plus heureuses que nous,

Des malheureux vous essuyez les larmes.

Je suis jalouse de vous !

7

Partez donc, allez où je vous envoie,

(Que ne suis-je avec vous!)

Et puissiez-vous porter un peu de joie

Au cœur blessé par nous!

TRISTESSE

Il n'était plus, l'âge des gais accents,
J'avais jeté ma lyre ;
Mais aujourd'hui, triste, je la reprends :
Comme la joie, oui, la tristesse inspire.

Aux tendres souffles du printemps
La feuille doucement murmure ;
Mais, entraînée aux caprices des vents,
Elle se plaint à la nature.

L'oiseau joyeux célèbre les beaux jours,

Il chante son allégresse ;

Mais qu'un cruel ravisse ses amours,

Il pleurera sa tristesse.

Et moi, maudit ! je tairais ma douleur ?

Non, non, je veux pleurer mon crime ;

Oui, sans pitié, j'ai déchiré le cœur

Dont l'amour était un abîme.

Et depuis lors, triste, désespéré,

Je suis la feuille à sa tige arrachée,

Je suis l'oiseau de son nid séparé,

Je suis une âme à la mort arrachée !

TABLE

PARIS

IMPRIMERIE DE D. JOUAUST

Rue Saint-Honoré, 338

Dans le même format :

THÉÂTRE

3629 — Imprimerie Jouaust, rue Saint-Honoré, 338.

www.ingramcontent.com/pod-product-compliance
Lightning Source LLC
Chambersburg PA
CBHW071104260626
47162CB00006B/2205

* 9 7 8 2 0 1 9 2 0 0 1 2 1 *